태군아 사이다 좀 사 와라

태군아 사이다 좀 사 와라

글쓴이. 태군

그린이. 주히

달아실

차례

4부. 겨울

에필로그: 다시 봄

작가의 말

다행히 지금은 완치되었지만, 심실중격결손증이라는 심장 기형을 갖고 태어난 나는 어린 시절 매일같이 병원에 드나들어야 했다.

병원에 들어서면 언제나 내 또래 아이들의 "엄마!" 하고 울부짖는 소리가 들려왔다. 그래서 무서웠냐고? 아니다. 단지 시끄러웠다. 아이들이 겁을 내고 울고불고 해도 나는 전혀 무섭지 않았다! 오히려 난 병원에 가는 날만을 기다렸다. 왜냐고? 주사를 맞을 때마다 엄마가 맛있는 햄버거를 사주었기 때문이다.

맞다. 나는 먹을 걸 세상에서 제일 좋아한다.

이대 병원

내가 기억하는 할머니와의 첫 만남도 고백하자면 먹을 것으로부터 시작한다.

한 손에 서슬 퍼런 칼을 쥔 채 어색한 미소를 지으며 나를 반겨주던 할머니. 마장동 먹자골목에 위치한 할머니의 가게로 놀러 갈 때면, 할머니는 기다란 소 등골을 설컹설컹 썰어주었다.

"태군아, 먹어!"
(내 이름은 김태균, 하지만 이빨 빠진 할머니는 언제나 나를 '태군'으로 불렀다.)

떡을 쥐듯 양손에 잡고 참기름장에 콕 찍어 먹던 하얀 등골. 너무도 부드럽고 고소한 그 맛은 여전히 기억에 선하다.

할머니 가게에서 정신없이 먹고 놀다가 집에 돌아갈 때면 할머니는 바지 주머니 속 꾸깃꾸깃한 천 원 한 장을 천천히 꺼내며 속삭이듯 말했다.

"태군아, 집에 가면서 아스케키(아이스크림) 사 먹어~"

아! 이런 할머니를 어떻게 좋아하지 않을 수 있을까?

저녁은 집에서 먹으라는 엄마의 전화를 받고 할머니가 준 천원을 꼭 쥔 채 집으로 돌아갈 때면, 할머니랑 같이 살면 얼마나 좋을까 상상하곤 했다. 말씀도 별로 없고 재미있는 이야기도 할 줄 모르시지만 할머니와 같이 살게 된다면 매일 등골도 빼먹고 아이스크림도 많이 먹을 수 있을 테니까!

이것은 내 생에 첫 번째 소원이었는데, 어느 날 정말로 소원이 이루어졌다.

"태균아, 오늘부터 할머니 할아버지랑 새 집에서 같이 살 거야."

이른 아침부터 이사로 바쁜 부모님을 대신해 우릴 데리러 오신 할머니. 노란 유치원 옷을 입은 나와 누나는 발그레하고 수줍은 얼굴로 할머니를 바라보았고, 할머니도 호호 미소를 지으며 우리를 내려다보았다.

"얘들아. 가자!"

할머니의 양손을 꼬옥 잡은 누나와 나.

우린 할머니와 함께 마장동의 새 집을 향해 걷기 시작했다.

그리고 이렇게 우리의 이야기는 시작된다.

1부 / 봄

現代
105
태군아

사이다
좀 사와라
네엥

사이다

노르스름한 나무 장판이 깔린 거실 바닥에 누운 나는 조금씩 더해지는 더부룩함과 통증을 참으며 애써 잠을 청하고 있었다. 밥을 너무 많이 먹은 걸까? 엄마가 그만 먹으라고 할 때 그만 좀 먹을걸. 풍선같이 부푼 듯한 몸은 시간이 지날수록 무거워졌고 점점 숨쉬기도 버겁게 느껴졌다. 나는 더 이상 버틸 수가 없었다. "할… 머… 니…" 울먹이며 할머니를 부르다 "웩!" 그만 바닥에 토를 하고 말았다.

누나의 비명소리가 온 집안을 뚫고 지나갔다. 놀란 할머니가 허리춤을 부여잡고 방에서 뛰쳐나왔다. 거실 바닥에는 방금 게워 낸 토사물이 널브러져 있었다. 나는 정신 줄을 놓은 채 해롱해롱 소파에 몸을 기대고 있었다.

곧장 화장실로 달려간 할머니가 걸레를 들고 나왔다. 할머니는 몸을 구부려 바닥에 널브러진 냄새나는 토사물을 닦기 시작했다.

"주희야, 사이다 좀 가져와!"

멀찌감치 떨어져서 이 상황을 지켜보던 누나는 손가락으로 콧구멍을 막으며 안방으로 들어갔고, 누나가 사이다를 들고 나오자 할머니는 축 늘어진 나를 일으켜 세웠다.

"태군아…."
"사이다 좀 마셔봐."
"옳지."
"끄어어억!"

누나가 가져온 할머니의 만병통치약, 사이다.

할머니의 침대 옆에는 언제나 250mL 초록색 사이다 병이 놓여 있었다. 밤새 텁텁해진 입을 가시기 위해 아침마다 사이다로 목을 축이는 할머니는 아플 때는 물론이고, 속이 더부룩해도 목이 말라도 항상 사이다를 마셨다. 하루에도 몇 번씩 들리던, 탄산 터지는 소리 칙! 그 소리에 감질나 몰래 할머니의 사이다를 전부 마시곤 했던 기억이 지금도 눈에 선하다.

할머니는 매일같이 슈퍼에 들러 사이다를 사 왔다. 어쩌다 깜빡 잊고 사이다를 사 오지 못했거나 내가 몰래 사이다를 전부 마셔 병이 텅 비어 있을 때면, 할머니는 항상 이렇게 외쳤다.

"태균아, 사이다 좀 사 와라!"

해물 경단

낡고 흠집투성이인 프라이팬에 콩 식용유를 살짝 둘러 기름에 자글자글 튀겨내면, 짭짤한 오징어의 향이 코를 자극한다. 어묵 같으면서도 톡 터지는 식감으로 마치 해물들이 입안에서 춤추는 듯한 할머니의 해물 경단. 같이 살게 된 지 얼마 되지 않은 터라 차마 할머니에게 반찬 투정을 할 수 없었던 그 무렵, 할머니는 저녁마다 슈퍼마켓에서 사 온 해물 경단을 구워주었다.

처음 얼마 동안은 짭짤한 해물 경단이 맛있어서 밥 한 공기를 깨끗하게 비웠던 기억이 난다. 문제는 그 다음의 기억이다. 월화수목금토일 다시 월화수목금토일 다시 월화수목… 어제도 오늘도 내일도 저녁 반찬은 변함없이 해물 경단이었다. 조금씩 해물 경단에 물리기 시작했고 언제부턴가 해물 경단만 보면 입에서 비린내가 나는 것 같았다.

나랑 누나는 이제 다른 반찬이 먹고 싶었다. 하지만 그때 유치원에서 배운 식사 예절은 절대 반찬 투정을 하지 않는 것이었다. 그래야 착한 어린이라고 배웠다. 우리는 반찬 투정 대신 조심스럽게, 할머니의 눈치를 살피며, 슬쩍슬쩍 해물 경단을 남기기 시작했다.

"태군아! 주희야! 밥 먹어라!"

해물 경단을 슬쩍슬쩍 남기기 시작한 지 사흘쯤 지났을까? 얼큰하고 구수한 라면 향기가 집 안에 가득했다. 물론 향기의 진원지는 금방 찾을 수 있었다. 식탁 위 낡은 구부렁 양은냄비 속에서 김을 모락모락 피어올리고 있는 꼬불꼬불 라면. 쳐다보기도 싫은 해물 경단이 아니라 입에 침이 가득 고일 정도로 맛있는 라면이 눈앞에 있으니 우리는 잔뜩 신이나 식탁 앞에 앉았다.

후루룩 챱챱 후루루 ….

아, 꼬들꼬들 씹히는 쫄깃한 면과 얼큰한 라면 국물. 그런데 뭔가 이상했다. 어딘가 익숙한, 비릿한 오징어 냄새 같은? 나는 젓가락을 들어 라면을 들어 보았다.

라면에는, 오랜만에 먹게 된 그 소중한 라면에는! 우리가 먹지 않고 몰래몰래 남겼던, 기름에 찌들고 말라비틀어진 해물 경단들이 몽땅 들어가 있었다.

"할머니! 배 안 고파요? 그냥 이거 다 드세요!"

나는 처음으로, 할머니가 미웠다.

이거 다 드세요

검정 비닐봉지

지루한 수학 시간. 재미없는 수업에 눈꺼풀이 감기려고 하면, 나는 교과서 여백에 나만의 유토피아를 끄적이곤 했다. 부드러운 생크림 케이크로 만들어진 언덕 위로 달콤한 바닐라 향기 바람이 불어오면 캔디바 나무들이 이리저리 흔들리며 과일 젤리를 떨어뜨리고 풍성한 아이스크림 궁전에서는 달콤한 아이스크림이 녹아내리는 마법의 장소.

정말로 나는 먹을 것을 무척 좋아했나 보다. "너 아기 때 말이다! 아빠가 과자나 아이스크림 같은 인스턴트 못 먹게 해서! 응?! 네가 지금 건강한 거야!" 아들의 건강을 염려하는 아빠의 18번 레퍼토리이다.

음…. 사실이다. 아빠는 과자를 사 주지 않았다. 매번 과자나 아이스크림을 먹지 못하게 하는 아빠 앞에서 "아이스크림이 먹고 싶어!" 엉엉 우는 척한 적도 많았다. 하지만 아빠가 모르는 게 있다. 사실 나는, 아빠 몰래 아이스크림과 과자를 잔뜩 먹을 수 있었다!

Moo

내겐 할머니가 있었다!

할머니는 매일같이 병원에 갔다. 지금 나의 기억에 할머니는 몸이 아팠다기보다 그저 습관처럼 다녔던 것 같다.

병원에 다녀올 때면 할머니 손엔 언제나 검정 비닐봉지 하나가 들려 있었다. 그리고 봉지에는 늘 아이스크림과 초코파이 그리고 바나나우유가 담겨 있었다.

내가 학교가 끝나기 무섭게 집으로 돌아온 이유는 순전히 간식 때문이었다. 나는 집에 오자마자 식탁 위의 간식을 한 움큼 끌어안고 바닥에 앉았다. 와삭와삭 과자들과 사각사각 차가운 아이스크림들. 할머니가 사 온 간식들을 먹으며 테레비로 만화영화를 보다 보면 시간 가는 줄 몰랐다. 창문으로는 선선한 바람이 들어오고 창밖 멀리 숨바꼭질하는 친구들의 까르르 웃는 소리가 희미하게 들려왔다. 그것은 그 무엇과도 바꿀 수 없는 나만의 작은 행복이었다.

현대 마트
빙그레

그러던 어느 날이었다. 식탁 위가 텅텅 비어 있는 것이었다. 하루가 지나고 이틀이 지나고 사흘이 지나도 과자는커녕 검은색 비닐봉지 하나 찾아볼 수가 없었다.

이러다 영영 간식을 먹지 못하는 것은 아닐까? 나의 걱정은 점점 커졌다. 그냥 있을 수만은 없는 노릇. 원인이 뭘까 짐작해보니 할머니가 최근 병원에 가지 않았다. 그래서 식탁 위가 텅텅 비어 있는 것이었다.

곰곰이 생각한 끝에 마침내 문제를 해결할 방법을 찾은 나는, 식탁 옆 의자에 앉아 있는 할머니에게 조심스레 말을 건넸다.

"할머니! 요즘은 안 아파요?"

32

어버이날

알록달록 분홍색 빨간색 노란색 초록색. 문방구에서 500원 주고 산 색종이를 접어 꾸불꾸불 못난 카네이션을 만든다. 하나는 엄마 거, 하나는 아빠 거.

"똥 태균, 할머니 거는?"
"할머니는 엄마 아닌데?"
"그래도 어버이날 선물은 드려야지."
"그럼 난 요리할래."

대형마트에서 구매한 스파게티 면을 푹 익히고, 송송 썬 파프리카와 비엔나소시지를 프라이팬에 들들 볶아주면 마침내 간장 파스타 완성. 맛은 모르겠지만 모양은 그럴듯했고, 엄마와 아빠가 준비한 주홍색 카네이션 바구니와 함께 놓으니 나름대로 풍성했다.

진 간장
비엔나
소세지

드디어 누나랑 함께 한참 동안 안방에 갇혀 있던 할머니가 거실로 나왔다. 할머니는 식탁 위에 펼쳐진 파스타와 꽃 그리고 누나가 준비한 그림을 보며 "호호" 수줍게 웃음을 지었다.

"엄마, 이거 태균이가 만든 거래요."

엄마가 집게로 간장 파스타를 한 움큼 집어 할머니에게 드렸다. 양이 너무 많다며 손사래를 치던 할머니, 한 젓가락 맛을 보더니 마침내 한 마디!

"태균이 아니면 이런 거 어디서 먹어!"

할머니를 위한 첫 파스타, 대성공이었다.

2부 / 여름

現代
105
태균아

사이다
좀 사와라
아이스크림
사와도 돼요?

사극

쿰쿰한 세월의 냄새가 묵어 있는 할아버지의 방안. 할아버지의 낡은 테레비에선 항상 사극이 흘러나오고 있었다. "전하 죽여 주시옵소서!"

"할아버지, 재는 왜 죽여달래요?"
"으응 재가 잘못해서 그래."

나도 할아버지를 따라 사극을 참 많이 보았다. 친구들이 딩동댕 유치원을 보고 있을 때, 나는 이방원이 왕자의 난을 일으켜 이복동생들을 도륙 내는 장면을 보고 있었다. 자연스레 나는 또래 어린이들이 즐겨하는 영화 속 슈퍼 히어로 놀이 대신에, 조선의 왕과 역적이 되어 서로를 죽이네 살리네 하는 역할 놀이를 즐겨했다. 나는 이 놀이가 너무 즐거웠다.

"자 이번에는 내가 사약을 내릴게."
"그래!"
"크허억!"

시간이 흘러 할아버지는 돌아가시고, 어느덧 사극도 내 머릿속에서 지워진 지 오래인 어느 날. 창밖엔 저녁노을이 붉게 타오르고, 나는 오랜만에 집에 놀러 온 친구와 함께 얼음땡을 하고 있었다.

"얼음!"
"땡땡땡땡땡땡!"

방문 넘어 주방에서 들려오는 송송송 파 써는 소리와 얼큰한 김치 내음 그리고 들려오는 할머니의 목소리.

"태군아. 밥 먹어!"

오두방정을 떨며 정신없이 노느라 단단히 허기가 진 우리는, 할머니의 말이 끝나기 무섭게 방에서 튀어나왔다. 식탁 위에는 노릇노릇한 비엔나소시지와 참치 김치찌개 그리고 한동안 보지 못했던 해물 경단이 놓여 있었다.

"잘 먹겠습니다!"

우리는 허겁지겁 밥을 먹기 시작했다. 뽀드득 소리가 일품인 비엔나소시지를 하나라도 더 먹으려고 '네가 하나 더 먹었네, 내가 덜 먹었네!' 옥신각신하고 매콤한 김치찌개 때문에 흐르는 콧물을 소매로 쓱쓱 닦아가며 소란하지만 여느 때보다 즐거운 저녁이었다. 우린 각각 밥 한 공기를 깨끗이 비워냈다. 그런데, 배부르게 밥을 먹었음에도 나는 남아 있는 해물 경단에 계속해서 눈길이 닿았다.

무슨 바람이 들었던 걸까? 파리가 윙윙 맴도는, 식어버린 해물 경단들을 멍하니 바라보다가 잊고 있었던 오래전 사극의 한 장면이 문득 떠오른 것이었다.

'늦은 밤. 구름에 가렸던 달이 칠흑같이 어두운 강녕전 기와 위로 푸른 빛을 드리우고, 나인들은 여느 날과 같이 왕에게 야참을 올린다. 저녁 문안을 끝내고 침소에 들은 왕은 나인이 가지고 온 산적 하나를 입에 무는데….'

나는 근엄한 얼굴을 지으며 남은 해물 경단을 입에 탈탈 털어 넣었다. 그러고는 마치 독이 들어간 음식을 먹은 듯 얼굴을 일그러트리고, 벌 벌 벌 손을 떨기 시작했다.

"크으으윽 크에 으엑!! 여봐라! 음식에… 독… 독이… 큭!!"
허옇게 떠버린 두 눈과 입에서 부글부글 뿜어져 나오는 하얀 거품.

"사, 살려줘. 제, 제발! 으악!"

외마디 절규를 크게 지른 나는 "쿵" 식탁에 머리를 박았다. 파르르… 파르르… 죽기 직전 경련을 일으키는 잠자리처럼 몸을 떨다가 스르륵 눈을 감았다.

숨을 참으며 친구의 배꼽 잡는 웃음소리를 기다렸지만 웃음은 커녕 정적만이 흘렀다. '어라. 재미가 없나?' 나는 슬쩍 실눈을 떴다. 파르르 눈꺼풀을 떨며 친구를 향해 눈동자를 굴렸다. 그리고 그다음에 벌이진 일은,

Be The

“이게 무슨 개지랄이야!!”

지금까지 한 번도 본 적 없는, 꿈에서조차 본 적 없던, 붉으락푸르락 분노가 어린 할머니의 얼굴. 잔뜩 일그러진 할머니의 입에선 거친 욕들이 쏟아져 나오고 있었다.

다음 일들은 잘 기억나지 않는다. 할머니가 처음으로 내게 분노의 사자후를 날리며 효자손을 들었고, 나는 엉엉 울부짖으며 종아리를 몇 대 맞았다는 기억이 어렴풋이 날 뿐이다.

이 이야기를 들은 엄마가 끄윽 끄윽 웃음을 참으며 말했다.

“그러니까 할머니한테 맞았지. 엄마는 단 한 번도 맞은 적이 없어.”
“정말?”
“응. 할머니는 평생 자식들한테 화내거나 때려본 적이 없어.”

XXX!!!!

얼린 요구르트

새들이 쫑알쫑알 노래를 지저귀고, 테레비에선 초등 방학생활이 흘러나오는 평화로운 어느 날이다. 두 눈을 부릅뜬 누나가 테레비를 보고 있는 나의 시선을 가로막았다. 누나의 얼굴은 마치 할머니처럼 붉으락푸르락 화가 피어오르고 있었다.

"진짜! 안. 먹. 었. 다. 고?" 터져 나오는 감정을 꾹꾹 억누르며 한 자 한 자 씹어 뱉듯이 말하는 누나.

"응." 애써 누나의 두 눈을 피하며 딴청을 부렸다. 괜히 테레비 리모컨을 만지작거리다 조금은 잠잠해진 것 같아 슬쩍 누나를 올려다보았다. 하지만 나를 향한 영점 조정이 완료된 누나의 두 눈동자는 변함없이 나를 노려보고 있었다.

"내가, 너 먹는 모습을 봤는데?"
"내 꺼… 먹은 건데?"
"야!"
"왜?"
"니는, 네가 얼려놓은 거 어제 다 먹었잖아!"

누나의 분노에 찬 고함소리가 집 전체를 뒤집었다. 느긋하게 낮잠을 즐기다 누나의 사자후에 놀란 할머니가 비몽사몽 우리에게 다가왔다.

"너희 왜 싸우는 거니?!"

돼지 같은 동생이 너무도 얄미운 누나와 누나에게 지기 싫어 끝까지 시치미 떼는 나. 우리 둘은 할머니가 오든 말든 싸움을 멈추지 않았다.

"할머니, 얘가 내꺼, 요구르트 먹었어!"
"주희야, 동생이 먹을 수도 있지…."
"너 진짜 돼지냐? 왜 맨날 내 꺼 먹는데! 뒤질래?!"
"나 돼지 아니거든!? 누나 껀지 모르고 먹었지!!"
"얘들아."
"아, 할머니 잠시만!"
"얘들아!"
"나 돼지 아니라고!"

할머니는 어르고 달래며 한참 동안 우리를 말렸다. 그러나 할머니의 그 작은 목소리로는 기차 화통을 삶아 먹은 듯 고래고래 소리를 지르는 우릴 막기에 역부족이었다.

"이놈들, 엄마한테 전화해야겠다!"

싸움을 그칠 기미가 보이지 않자 할머니는 벽에 붙어 있는 수화기를 향해 걸어갔다. 떨리는 손으로 하나하나 전화번호를 누르는 할머니. 순간, 나의 머릿속에선 이 일을 엄마가 알면 안 된다는 생각이 번개같이 스쳤다. 엄마가 이 일을 알게 되면 내가 혼날 게 뻔했다. 간담이 서늘해진 나는 재빨리 몸을 던져 뻑! 전화기 선을 뽑았다.

"이놈이 미쳤나! 뭐 하는 짓이야!"

"으아앙~~" 평화로웠던 하루는 산산이 부서지고, 난리통 속에서 분에 못 이긴 누나가 결국 울음을 터뜨렸다. 콧구멍을 벌렁벌렁하며 닭똥 같은 눈물을 쏟아대는 누나.

"김태균, 너 다신 안 봐!!"

누나는 쿵! 천장이 꺼질 듯 커다란 소리를 내며 방문을 닫았다. 얼마쯤 지났을까?

“주희야, 할미가 요구르트 사 왔어. 나와봐.”

슈퍼마켓에서 요구르트 한 팩과 봉지 가득 과자를 사 온 할머니가 나긋한 목소리로 누나를 불렀다.

"태군이 어딨어! 아주 할머니가 혼내줄게!"

할머니는 우는 아기를 달래듯 상냥한 목소리로 누나를 달랬다. 하지만 누나는 여전히 묵묵부답이었다.

"주희야…. 어서 나와봐…. 주희야…. 주희야아악!"
"아! 할머니, 안 먹는다고!"

참다못한 할머니가 소리를 지르자 놀란 누나가 굳게 닫았던 방문을 열고 나왔다. 누나의 두 눈은 빨갛게 부어 있었다. 뾰로통한 누나의 표정으로 보아 아직도 화가 풀리지 않은 것 같았다.

"아니! 할머니가 힘들게 사 왔으면 먹는 시늉이라도 해야지!"
할머니가 갑자기 누나에게 호통을 치기 시작했다.

"아니, 할머니, 김태균이…."

누나는 놀랐는지 어눌하게 말을 하며 눈물을 글썽였다. 하지만 할머니도 단단히 화가 났는지 호통을 멈추지 않았다.

"동생이 먹을 수도 있지 그거 가지고 왜 그래!"
"아니, 김태균이 내 꺼 먹는 거 한두 번이냐고…."
"너는 누나잖아!"
"요구르트는 얼어야 해서 시간이 걸린다고!"
"아니, 이년이!"

누나는 또다시 엉엉 울며 조심히 문을 닫았다. 할머니는 문이 닫힌 누나 방 앞에서 누나를 계속 나무라다가, 얼마 가지 않아 지쳤는지 혼잣말을 하며 안방으로 들어갔다.

나는 이 상황을 멀리서 지켜보고 있었다. 전혀 예상치 못했던 상황인지라 누나에게 미안한 마음이 들기 시작했다. 돌이켜 생각해보면 내가 누나의 간식들을 생각 없이 뺏어 먹은 적이 한두 번이 아니었다. 누나는 정말 억울했을 것이다. 누나가 방에서 나오길 내심 기다렸지만 저녁 시간이 가까워져도 누나는 나오지 않았다. 나는 이러다 누나랑 평생 남처럼 사는 것이 아닐까,

점점 신경 쓰이기 시작했다. 먼저 사과를 할까 말까 한참 고민하던 나는 결국 굳게 닫힌 누나의 방문으로 다가갔다.

〈김태균 출입 금지〉. 문 앞에 걸려 있는 종이 한 장. 자세히 바라보니 종이 가장자리에는 조그만 글씨가 날카롭게 쓰여 있었다. 〈나 김주희는 앞으로 김태균이랑 의절할 것임. 문 두들기면 죽는다.〉 난 문을 두드릴 수 없었다.

발길을 돌려 곧장 침대에 앉아 있는 할머니에게 갔다. 할머니는 나를 모른 척했다. 신경도 쓰지 않았다.

"할머니…. 할머니, 제가 잘못했어요. 다음부턴 안 그럴게요."

할머니는 사이다를 한 모금 들이켰다. 그러고는 잠시 생각에 잠긴 듯하더니, "그래." 한마디 했다.

'휴, 다행이다. 조금 전까지만 해도 가시방석에 앉은 것같이 마음이 불편했는데….' 나는 할머니의 언짢은 기분을 풀어주기 위해 종알종알 옆에 앉아 이런저런 얘기들을 꺼내기 시작했다. 학교가 어쩌고저쩌고 곧 있으면 중학교 가는데 교복은 어디 메이커로 하고 싶은지, 등등….

할머니는 별다른 대답을 하지 않았다. 그저 내가 하는 얘기들에 맞춰 고개만 살짝 살짝 끄덕일 뿐이었다. '할머니는 아직도 화가 덜 풀린 걸까?' 그나마 할머니의 표정은 아까보다 한결 부드러워진 것 같았다. 나는 조심스레 침대에서 내려왔다. 그리고 계속해서 눈치를 살폈다. 할머니는 여전히 말이 없었다. 나는 조심히 문을 열었다. 그리고 그때, 할머니의 나직하고 조그만 목소리가 내 귀를 스쳐 지났다.

"주희 저년은 끝까지 사과를 안 하네…."

나는 쥐 죽은 듯 조용히 문을 닫았다.

꽉 막힌 변기

변기 속에서 뱀처럼 똬리를 튼 똥글똥글한 똥들이 뒤엉켜 있던 그날의 기억. 그때 나는 열심히 머리를 흔들며 펌프질하고 있었고 얄미운 누나는 강 건너 불구경하듯 문 뒤에서 킥킥 웃고 있었다.

그쯤 하면 뚫려도 진작 뚫렸어야 할 변기가 그날따라 좀처럼 뚫리지 않았다. 구역질 날 것 같은 냄새와 흉한 모습은 이제 문제도 아니었다. 이마에 맺힌 땀방울이 눈썹에 맺히며 주르륵 흘러내렸지만 냄새나는 그것만은 흘러내리지 않고 변기 안 가득 고여 있었다.

그날은, 수압의 문제가 아녔다. 그날은, 문제의 원인이 무척이나 더러웠다. 어떻게 사람의 몸에서 이딴 찌꺼기가 나온 걸까? 끝이 보이지 않는 펌프질. 시간이 흐를수록 허리는 아파왔고 언제까지 이 짓을 해야 하나 내심 걱정도 되었다. 계속되는 물 내림과 무의미한 펌프질을 반복해도 뚫리지 않아 마침내 잔뜩 화가 난 나는 뚫어뻥을 집어 던지며 크게 외쳤다.

"하알머니이이!!"

"왜애! 또 뭐야?! 또!"

귀찮은 할머니가 성을 내며 걸어왔다. 변기 뚜껑을 열고는 가득 찬 그것들을 유심히 바라보는 할머니.

뚝. 뚝. 뚝. 그 순간 화장실은 고요했다. 물방울 떨어지는 소리만이 들려왔다. 할머니는 한참 동안 허리를 굽혀 변기를 바라보았다.

잠시 후, 할머니는 체념한 듯 말없이 허리를 펴고 일어나 밖으로 나갔다. 달그락달그락 주방에서 무언가를 찾는 소리가 들려왔다. 그리고 할머니가 화장실로 돌아왔을 때, 할머니 손에는 예상치 못한 엄청난 물건이 들려 있었다. 다름 아닌, 나무 주걱!

강력하게 각인된 끔찍한 그날의 기억, 아마 평생 잊을 수 없을 것이다. 망설임 없는 손길로 뚝 뚝 똥을 잘라내던 할머니의 모습과 할머니의 무자비한 거친 손길 따라 첨벙첨벙 요동치던 변기 속 똥물!

할머니는 다 되었다는 듯 변기 속 똥물을 휘휘 젓더니 주걱으로 탁탁 변기를 두드렸다. 할머니는 똥물에 젖은 축축한 손으로 변기의 레버를 눌렀고, 변기는 무거운 소리를 내며 요동치기 시작했다.

아, 인생이라는 물줄기는 언제나 예상치 못한 방향으로 흘러가는 걸까?

쿠르으릉 소리를 내며 힘차게 내려갈 거란 당연한 예상과 달리, 변기 속에 가득 차오른 똥물은 푸다다닥 소리를 내며 변기 밖으로 쏟아져 나오기 시작했다. 세상에 이런 일이! 눈 깜작할 사이에 대참사가 일어난 것이다.

당황한 듯 온몸이 얼어붙은 할머니와 놀란 나와 누나. 누나랑 나는 충격적인 이 상황이 놀랍고도 즐거웠다. 우리는 놀란 토끼처럼 오두방정 비명을 지르고 달아나기 시작했다.

쏟아지는 똥을 피해 가까스로 방으로 도망친 우리는 터질 듯 새어 나오는 웃음을 간신히 참으며 화장실을 향해 귀를 기울였다.

'하이고, 하아.' 희미하게 들려오는 할머니의 절망적인 한숨 소리. 한숨 소리가 멈추자 이번에는 다른 소리가 들렸다. "첨벙첨벙" "철퍽철퍽" 힘이 빠져 축 늘어진 펌프질 소리가 또 다시 들려오기 시작했다.

잠시 후 방문을 열고 들어온 할머니의 모습은 매우 초췌했다. 그때까지도 우린 똥을 피해 도망치는 이 상황이 재미있게만 느껴졌고 키득키득 웃으며 할머니를 바라보았다. 하지만, 할머니는 어떤 웃음도 짓지 않았다.

할머니는 한껏 비장한 얼굴로 이렇게 얘기할 뿐이었다.

"너네… **앞으로 똥, 끊어서 싸!**"

할머니 친구 만들기 대작전

형광등이 꺼진 어두운 거실 안으로 노을 지는 햇살이 창문을 통해 옅게 드리운 어느 날의 일이다. 나는 문득 할머니의 하루가 궁금했다. 평소에 할머니는 무엇을 하는지, 혼자서 외롭지는 않는지. 그날따라 홀로 테레비를 보고 있는 할머니가 유독 외롭게 보였던 것일까? 우울증에 걸리면 어떡하지? 나는 새삼 걱정이 되기 시작했다. '할머니는 친구가 없나?'

그 당시 난 친구 따라 교회를 다녔었다. 신실한 할머니 손에 자란 단짝 친구와 일요일 내내 놀기 위해선 나도 믿음을 가져야 했다. '그렇다면 할머니도 교회 가면 되겠네!'

교회에는 많은 어르신이 있었다. 내 친구의 할머니를 비롯해서 1년 전 교직에서 은퇴한 박 권사님. 오래된 기억이라 다른 분들은 기억이 나지 않지만, 중요한 것은 할머니가 교회에 나가기만 한다면 친구가 생기는 건 시간문제라는 것이었다.

32

그날 저녁, 나는 다 찢어진 샤워 타월 위로 짝이 맞지 않는 화투패를 툭툭 던지고 있는 할머니를 유심히 바라보았다. 할머닌 화투 치는 게 정말 재미있나? 재미없어 보이는데. 흠. 째깍째깍 시계 소리는 유난히도 크게 들려왔고, 나는 살며시 안방으로 들어갔다.

"할머니!"
할머니는 고개를 들어 나를 바라보았다.

"나랑 같이 교회 가자! 교회 가서 맛있는 것도 많이 먹고…."
"할미는 아파서 못 가."

할머니는 나의 제안을 단호히 거절했지만 나는 포기하지 않았다.

"할머니는 병원도 걸어가잖아."
"교회에 자동차가 있어서 그거 타고 가면 돼!"
"할머니 운동도 할 겸 가면 좋을 걸?"

할머니는 시선을 돌렸다. 그러곤 다 찢어진 수건 위에 널브러진 화투 패들을 바라보았다.

"할머니! 딱 한 번만!"

할머니는 요지부동이었다. 하지만 나는 포기할 수 없었다. 이것은 할머니에게 친구를 만들어주겠다는 손자의 순수한 효심이기도 했지만, 그보다는 우울증에 걸린 할머니가 혹여 잘못된 선택을 하지 않을까 하는 막연한 두려움이 더 컸던 것 같다.

일주일에 걸친 질기고 질긴 애원, 거머리보다도 끈질긴 손자의 부탁에 할머니는 결국 내 손을 잡고 교회에 나갔다.

처음 보는 얼굴의 늙은 새 신도가 어린 손자의 손을 잡고 들어오자, 많은 어르신의 환영 인사가 폭죽이 터지듯 할머니를 향해 쏟아졌다. 처음에는 약간은 부담스러운 어르신들의 환영에 할머니는 긴장한 듯 옅은 미소만 지었지만, 얼마 지나지 않아 입을 열고 어르신들과 도란도란 이야기를 나누기 시작했다. 할머니와 어르신들이 함께 있는 모습을 보니 모든 게 다 잘되었다는 안도감이 들기 시작했다.

할머니에게 친구가 생길 거라는 희망이 눈앞에 보였고, 이제 할머니는 우울증에 걸리지 않을 거란 확신이 차올라 기분이 매우 상쾌했다.

눈이 풀풀 감기는 예배가 끝나고, 점심시간이 찾아오자 교회는 전보다 많은 사람으로 북적였다. 성인 예배와 초등학교 예배가 다른 곳에서 열렸기 때문에 먼저 예배가 끝난 할머니는 벌써 점심을 들고 있었다. 식당 안은 이미 만석이었다. 사람들은 화기애애한 웃음꽃을 피우며 한 주 동안 별일 없었는지 서로 이것저것을 묻고 있었다. 시끌벅적한 식당 안, 그새 친구가 된 어르신들과 웃음꽃을 피우고 있을 할머니가 머릿속에서 떠오르자 발그레 나의 얼굴에는 수줍은 미소가 지어졌다. 마치 나는 성숙한 어른이 된 것 같았고 나름 손자로서 책임감도 느껴지는 것 같았다. 저 멀리 어르신들과 함께 할머니가 눈에 띄었다. "할머니!" 나는 빠른 걸음으로 쫄쫄쫄 식당을 가로질렀다.

"할머니! 교회 어때? 재미있지!"

할머니는 옅은 미소를 지으며 나를 빤히 바라보았다.

"태군아…. 집에 가자."

할머니는 내 손을 꽉 잡았다. 할머니의 손은 굉장히 축축했다. 할머니는 굉장히 지쳐 보였고 어떻게 보면 불안해 보이기도 했다.

"할머니, 더 있다 가자. 다른 할머니들이랑 재밌는 얘기도 더 나누고…."

주변에 다른 어르신들도 나와 함께 할머니를 설득했다. 그러나 할머니는 이미 확실하게 마음을 결정한 듯 요지부동이었다. 그리고 무엇보다 할머니는 금방이라도 울 것만 같았다.

집으로 오는 택시 안은 어느 때보다도 서먹했다. 나는 할머니에게 아무 말도 하지 않았고 할머니도 내게 아무 말이 없었다.

"할머니를 위해서 이곳에 같이 온 건데, 할머니는 내 마음도 몰라주고…."

나는 툭 튀어나온 입으로 들으란 듯 중얼댔다.

할머니는 그런 나를 말없이 바라볼 뿐이었다.

아픈 할머니

외식을 하거나 저녁에 통닭 한 마리를 시켜 온 가족이 나눠 먹을 때면 항상 "쬐~끔만 줘"라고 말씀하시는 할머니. "엄마! 그냥 마음껏 먹어요!" 어른들은 할머니의 "쬐~끔만 줘"라는 말을 지독히도 싫어했다.

할머니는 음식들을 그냥 먹는 법이 없었다. 무언가를 먹고 싶을 때 할머니 입에서 나오는 말은 "저것 좀 줘봐"가 아니라 언제나 "저거 쬐~끔만 줘"였다.

그런데 나는 할머니의 "쬐~끔만 줘"가 좋았다. 아빠 몰래 중국집에 전화를 걸어 내가 좋아하는 짜장면과 할머니가 좋아하는 울면을 시킬 때, 할머니의 남은 울면을 내가 전부 먹을 수 있었기 때문이었다. 난 맛있는 음식을 많이 먹는 게 좋은데, 할머니는 왜 조금만 먹으려 하는 걸까?

언젠가는 할머니의 '쬐끔'이라는 단어가 궁금해서 할머니한테 물어본 적이 있었다. "할머니는 왜 쬐애애끔만 먹어?" 할머니의 대답은 간단했다. "아파서 그래."

그러고 보면 할머니는 매일 아팠다. "에구, 죽겠다"라는 말을 습관처럼 달고 살던 할머니 곁엔 언제나 약 봉지가 즐비했다. 나는 일주일에도 서너 번씩 약국에 가서 빨간색 우황청심환을 사 와야 했고, 그것도 모자라 할머니는 주사도 맞기 위해 매일 매일 병원에 드나들었다. 할머니는 병원을 사랑했다.

할머니와 살게 된 지 얼마 안 되었을 무렵, 건강관리공단 직원들이 할머니를 찾아왔던 일이 어렴풋 기억난다. 훗날 엄마에게 이야기를 들어보니 할머니의 병원 진료 횟수가 너무 많았기 때문에 공단 측에선 매년 지원금을 초과하는 할머니의 상태를 확인해야 했던 것이다.

공단 직원들은 몸도 가누지 못할 정도로 아픈 노인을 상상하며 우리 집을 찾아왔는데, 할머니의 겉모습은 그들의 예상과 달리 너무나 정정했다. "어르신, 병원에 가는 횟수를 좀 줄이시는 게 어떠세요?" 공단 직원들이 조심스럽게 얘기를 꺼냈다. "내가 아프다는데 왜 그래요!" 할머니는 불같이 화를 냈다.

'무엇 때문에 할머니는 저렇게 화를 내는 걸까? 할머니는 병원이 그렇게 좋은가? 할머니도 나처럼 병원에 가면 햄버거를 몰래 먹나?' 당시에 나는 이해가 가지 않았다. 직원들이 돌아가고 할머니는 한동안 병원에 가지 않았다. 그 덕에 한참 동안 아이스크림이 뚝 끊겨 할머니께 물어보았던 기억이 난다. "할머니 요즘은 안 아파요?"

옅은 미소를 지으며 나를 바라보던 할머니의 얼굴만은 아직도 생생하다. 할머니는 어디가 아프셨던 걸까? 나는 지금도 알 수가 없다.

제주도

무성한 야자수와 강직한 돌하르방이 곳곳에 우뚝 서 있고, 투명한 에메랄드빛 바다가 사방에 트여 있는 여름날의 제주도.
장난기가 발동한 엄마가 할머니의 휠체어를 끌고 바닥 분수 위로 냅다 뛰어갔다.

"재가 미쳤나! 엄마가 무서워하셔!"
"나이 처먹더니 갑자기 미쳤나!"

이모들은 할머니가 물에 맞을까 조마조마 안절부절못하며 엄마를 불렀다.

엄마는 아랑곳하지 않고 마냥 즐거운 듯 뒤뚱뒤뚱 분수 위를 뛰어다녔다. 나올 듯 말 듯 바닥 아래서 간을 보는 분수 위를 요리조리 다니며 한껏 약을 올렸다.

"엄마! 빨리 나와!!"

바닥의 물이 심상치 않음을 눈치 챈 엄마가 뒤늦게 도망치기 시작했다. 하지만 순식간에 솟구친 물 폭탄은 엄마와 할머니의 바지를 흠뻑 적시고 말았다.

"아! 엄마랑 할머니, 바지에 오줌 싼 것 같아!"

크크크, 서로 마주 보며 한껏 웃던 우리 가족들….

해마다 여름이 지나갈 때면 그날의 추억이 표선의 파도처럼 일어난다. 그러곤 방충망에 눌어붙은 매미의 울음소리처럼 얼마간 내 주위를 맴돌다가 차르르 부서져 어느 순간 사라진다.

3부 / 가을

現代
105
태군아

사이다
좀 사와라
귀찮은데...

노래

"엄마, 나 가수 할래." 아들의 깜짝 선언에 적잖이 당황한 엄마는 다림질하던 손을 잠시 멈추었다. 그러곤 냉정한 눈빛으로 나를 바라보았다. "뭐? 절대 안 돼!"

코를 쥐어짠 듯 콧소리 가득한 목소리에 내지 못하는 고음을 내고자 고래고래 억지로 질러대는 노랫소리. 노래방에 갈 때면 나는 언제나 놀림과 비웃음의 대상이었다. "태군아, 그림이나 그려라!" "노래 좀 부르지 마아!" 친구들과 함께 간 노래방에서 내 노래가 울려 퍼질 때면 친구들은 유명 개그맨의 블랙 코미디를 보는 관객들처럼 한껏 우스워 깔깔깔 웃어댔다. 그랬다. 나는 주변에서 가장 노래를 못하기로 정평이 나 있었다.

그런 내가 방금 엄마에게 "가수가 되고 싶다" 말했다. 엄마의 냉정한 눈빛은 나의 말이 진심인지 혹은 순간의 장난인지를 헤아려 보는 것 같았다.

"절대 안 돼." 아들의 미래를 생각하는 엄마의 대답은 어쩌면 당연했지만, 아직 초등학생 티를 다 벗어내지 못한, 갓 중학생이 된 나에게 엄마의 현실적인 대답은 날카로운 비수와도 같았다. 그것은 내가 처음으로 느낀, 알 수 없는 배신감과 상처였다.

문을 거칠게 닫으며 방으로 들어온 나는 널브러진 베개 위에 얼굴을 묻었다. 눈물과 콧물이 뒤섞여 축축해진 베개는 숨을 쉬기 힘들 정도로 답답했지만, 그렇다고 얼굴을 들고 싶지 않았다. 얼굴을 드는 순간, 이 알 수 없는 팽팽한 기 싸움에서 지는 것 같았기 때문이었다. 그날 저녁, 엄마의 이야기를 들은 아빠가 방문을 열어젖혔다. 아빠는 내게 훈계를 하기 시작했고, 내가 아무런 대꾸도 하지 않자 흥분한 아빠는 점점 더 언성을 높이기 시작했다.

"공부를 해야 하는 학생이 말이야!"
"야. 꿈도 꾸지 말어!"
"어휴, 노래도 못하는 게…."

이후 하루하루가 고단했다. 가족과 함께 있어도 나는 혼자같이 느껴졌다. 학교가 끝나면 아빠의 꾸지람을 피하려고 친구들과 놀러 나갔다. 집에 돌아올 땐 언제나 방문을 닫고 mp3에서 흘러나오는 음악만을 들었다. 아마 가족들로부터 나를 안전히 격리하고 싶었던 것 같다. "이제 사춘기가 왔나 보네." 이따금 살짝 열려 있는 방문 사이로 한숨 섞인 부모님의 목소리가 흘러들어 왔다. 부모님은 나의 이러한 행동들을 치기 어린 반항이라 생각했다.

부모님은 가게에 나가고 누나가 학원에 간 날이면 나는 거실로 나와 노래를 부르곤 했다. 그것은 일종의 반항이었고 외로움을 달래는 나만의 위로였다.

ㅋㅋㅋ

나는 그 시간이 참 좋았다. 아무도 없이 적막한 집 안, 눈감고 부르는 노래. 그때만큼은 불안하지 않았다. 고백하자면 부끄럽지만 홀로 감정에 취해 노래를 불렀다. 노래의 마디마다 떨어지는 불안한 음정과 구멍 난 풍선처럼 시도 때도 없이 터져 나오는 음이탈. 내 노래 실력이 형편없다는 것을 나는 알고 있었지만 내 꿈을 포기하고 싶지 않았다. 하지만 조금은 외로웠다.

"잘하네! 이제!"

노래를 끝내니 조그만 박수 소리가 등 뒤에서 들려왔다.

"태군아, 잘했어. 예전보다 많이 늘었네."

뒤를 돌아보니, 소파에 할머니가 누워 있었다.

할머니는 나를 바라보고 있었다.

별거 아닌 이야기

아이들에게 학원이란 절대 반갑지 않은 공간이다. 당장이라도 뛰어놀고 싶은 마음을 꾸역꾸역 눌러가며 딱딱한 책상에 붙어 앉아 온종일 지루한 공부만 해야 하는 곳이기 때문이다. 그리고 이것은 우리 누나의 이야기이다. 통학 버스를 타고 지루한 그곳으로 가던 여느 날로부터 이 이야기는 시작된다.

매캐한 매연을 한껏 내뿜으며 달리는 버스 안, 밤새 숙제를 하느라 잠이 덜 깬 누나는 덜컹거리는 버스 창문에 얼굴을 기댄 채 멍하니 스쳐가는 풍경들을 바라보고 있었다. "타이어가 펑크 나면 좋겠다." 출석은 물론 숙제도 빠짐없이 하면서도 부모님에게 싫은 소리 한 번 하지 않는 누나였지만, 그렇다고 학원을 좋아했던 건 아니었다.

JANSPORT

그날은 주말 숙제 검사가 있던 월요일이었다. 교실 안은 채 숙제를 끝내지 못해 답을 분주히 옮겨 적으며 땀을 삐질삐질 흘려대는 친구들과 숙제를 전부 끝내고 태평하게 수다를 떨고 있는 친구들로 어수선했다. 잠시 후 수업을 알리는 디지털 벨 소리가 요란하게 울리고, 나무로 된 교실의 앞문이 스르륵 부드럽게 열렸다. 빨간색 뿔테 안경을 쓰고 손에 회초리를 든 선생님이었다. "얘들아 안녕, 잘 지냈지? 그럼 숙제 검사하자." 선생님의 말에, 누나는 자랑이라도 하듯 그 많은 숙제를 책상 위에 펼쳐 놓았다. 답지를 보고 베낀 것은 아닌지, 아무 숫자들이나 대충 써 놓고 선생님을 속이려 한 것은 아닌지, 학생들의 숙제를 톺아보는 선생님의 꼼꼼함은 산만했던 교실의 분위기를 일순간에 정지시켰다.

학생들은 숙제를 검사하는 선생님의 눈치를 살폈다. 답지를 베낀 것이 탄로 날까 두려워하는 친구들도 있었고, 그 많은 숙제를 전부 끝낸 스스로가 대견해 내심 선생님의 칭찬을 기다리는 친구들도 있었다. 누나는 후자에 속했다.

"주희야."

뜸을 들이며 나직한 목소리로 말문을 연 선생님. 기대와 달리 선생님의 얼굴에는 정적이 흐르고 있었다. 아니, 정확히 말하자면 선생님의 얼굴은 그늘이 진 듯 어두워 보였고, 마치 무언가를 말하고 싶은 사람처럼 입술은 살짝 벌어져 있었다. '내가 뭐 잘못한 걸까?' 누나는 걱정이 되었다.

"주희야, 숙제가 너무 많아서 힘들었어? 숙제가 힘들면 말해도 돼."

선생님의 말이 끝나기 무섭게 학생들의 시선이 일제히 누나를 향했다. 교실의 모든 시선이 누나에게 쏠리자 당황한 누나의 얼굴은 붉게 달아올랐다.

"저요? 아니요! 전 괜찮은데요?"

민망한 하루였다. “흠. 혹시라도 힘들면 꼭 얘기해.” 자신의 말을 믿지 못하는 선생님의 모습이 누나의 머릿속에서 자꾸만 맴돌았다. 갑작스러운 선생님의 따듯한 관심. 선생님의 관심이 싫은 것은 아니었지만 하필이면 숙제를 완벽히 해온 오늘, 뜻밖의 위로를 들었다는 것에 누나는 무척 당황스러웠다. ‘선생님께선 갑자기 왜 그러신 거지?’ 집으로 돌아오는 길 내내 이 물음이 머릿속에서 맴돌고, 누나는 축 늘어진 몸을 이끌며 터벅터벅 발걸음을 옮기고 있었다.

그때였다. ‘어?! 설마? 할머니가?’ 마른하늘에 번개가 치듯 번뜩! 스치는 게 있었다. 끼야아아악!

누난 어젯밤 집에서 있었던 일을 떠올린 것인데, 순간 얼마나 부끄럽던지 두 손을 얼굴에 가져다 대고 길 한가운데에 서서 비명을 질렀다고 한다.

現代
105
주희야~ 울지마~

엉엉엉 숙제가 왜 이렇게 많은 거야!

할머니... 숙제가 너무 많아!

"엉엉, 숙제가 왜 이렇게 많은 거야!"
"주희야, 울지 마~"
"아, 할머니! 숙제가 너무 많아! 엉엉엉!"

지난 일요일, 누나는 친구들과 함께 놀이공원에 갔다. 엄마와 아빠 없이 학교 친구들과 다녀온 첫 놀이공원은 누나의 마음을 한껏 들뜨게 했다. 놀이공원에 간다는 설레임 때문에 토요일에는 숙제를 하지 못했고, 일요일엔 놀이공원에서 신나게 노느라 숙제를 했을 리가 만무했다. 그렇게 주말 내내 미뤄둔 누나의 숙제는 장마철 호수처럼 잔뜩 불어나버렸고, 누난 울며 겨자 먹기로 밤새 숙제를 해야만 했었다.

"으허엉! 아! 이거 언제 다 하냐고!"

숙제가 하기 싫어서 망둥어같이 퉁퉁 부어오른 얼굴로 닭똥 같은 눈물을 흘리던 누나. 할머니는 숙제 때문에 힘들어 하는 누나를 달래기 위해 저녁 내내 진땀을 뺐다. 누나 옆에서 안절부절못하며….

BAD
수학
Depress

비록 누나의 짜증은 숙제가 마무리됨에 따라 말끔히 사라지는, 아주 순간적인 짜증이었지만, 훌쩍이며 울고 있는 누나의 모습이 할머니에게는 여간 걱정이 아니었나 보다. 그래서일까? 할머니는 결국,

"여보세요?
"예. 안녕하세요. 주희 할미인데요. 어제 주희가…."

학원에 전화를 걸었다.

"아, 할머니가 그랬어?"
"응. 별거 아닌데."

누나는 별거 아니라 얘기하면서도 10년이 훨씬 지난 지금까지도 그날의 할머니 마음이 느껴진다고 했다. 말없이 학원에 전화를 걸어 숙제를 줄여달라 했던 할머니의 마음이 꼭 어제 있었던 일처럼 머릿속에서 생생히 피어난다고 한다. 뭐, 별거 아닌 이야기지만.

으아앙

담배

어젯밤 마셨던 물 때문에 오줌보가 터질 것 같았던 이른 아침, 나는 밤새 무거워진 몸을 이끌고 화장실로 가 굳게 닫힌 문을 열었다. 그런데, 화장실 전체에 퍼져있는 코를 찌르는 매캐한 냄새라니!

"아 씨, 저 미친 새끼…."

화장실 안에는 담배 냄새가 짙게 깔려 있었고, 나의 가슴 속 깊은 곳에서는 정의의 분노가 치밀어 올랐다.

"할머니! 윗집이 미쳤나 봐. 담배 냄새가 화장실에서 또 진동해! 또!!"

윗집 아저씨는 저녁마다 종종 화장실이나 베란다에서 담배를 피우곤 했다. 아저씨가 피운 담배 냄새는 화장실 환풍구나 창문을 통해 우리 집으로 내려왔는데, 그날은 이상하게도 이른 아침부터 지독한 담배 냄새가 우리 집 화장실에 가득 차 있었다.

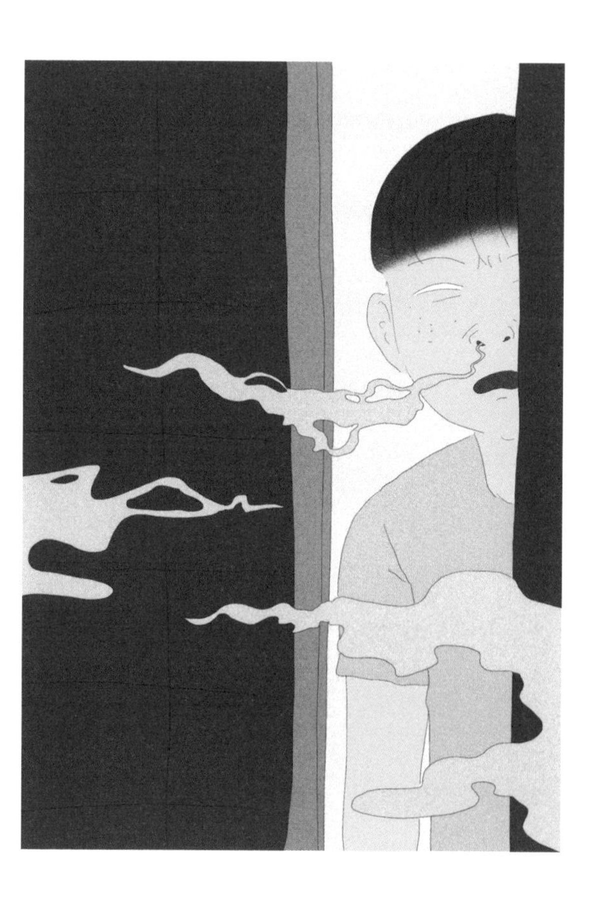

씩씩거리며 화장실에서 나온 나는 안방으로 들어와 할머니를 바라보았다. 내 목소리에 할머니도 잠에서 깬 걸까? 할머니는 말없이 나를 바라보고 있었다.

"정말 민폐 아니야? 생각이 없는 건가? 아니 이게 도대체 몇 번이야! 에이! 올라가서 말해?!"

이른 아침이라 그런가? 할머니는 아무 반응도 하지 않았다. 그저 별말 없이 베개 옆에 놓아둔 캐러멜 사탕을 "쩝쩝" 녹여 먹으며 이렇게 얘기할 뿐이었다.

"태군아…. 사탕이나 까먹어."
"아니, 할머니. 내 말 좀 들어봐."

평소에도 위층에서 내려오는 담배 냄새에는 별다른 신경을 쓰지 않던 할머니였지만, 그날은 더욱 할머니가 이해되지 않았다. 옛날 사람이라 그런 걸까 아님 오랜 세월 장사를 하느라 담배 냄새에 무감각한 걸까. 세상에는 공중도덕이라는 게 있는데, 할머니는 화가 나지 않는 걸까?

나는 할머니를 이해시키기 위해 차분히 이 일에 관해 설명을 하였다. 공중도덕에 대해, 담배의 해로운 점에 대해 그리고 이웃 간의 윤리에 대해. 아침부터 아무것도 먹지 않은 나의 입에선 텁텁한 단맛이 느껴졌지만 그럼에도 나는 열과 성을 다해 할머니의 권익을 알려 주었다. 하지만 '저 자식이 대수롭지 않은 일로 아침부터 생난리를 치고 있다'는 눈빛을 슬그머니 보내며 나의 두 눈을 피하는 할머니의 모습에, 내 말은 귀담아듣지 않고 어스름한 불 꺼진 천장만을 바라보는 할머니의 행동에, 할머니를 향한 답답하고도 속상한 마음이 일어나기 시작했다.

"할머니! 이건 공공질서를 파괴하는 거야! 내가 담배 냄새 맡고 폐암 걸리면 어떡해? 아니 막말로 할머니가 걸리면 어떡하냐고!"

"껄껄껄" 멋쩍은 웃음을 지으며 나의 눈을 바라보던 할머니는 잠시 후 입을 열었다. 새벽이라 목이 잠겼는지 쩍 갈라진 목소리였다.

"태군아, 잠이나 더 자."
"아, 됐어! 할머니랑 말하기도 싫어!"

나는 그대로 안방을 나왔다. 열이 난 건지 열을 낸 건지 완전히 상기된 아까보다도 더욱 큰 숨소리로 씩씩 성을 내며, 방문을 쾅 닫았다. "아니, 할머니는 진짜 멍청해." 나는 무엇이 그리 화가 났던 걸까. 나의 치기 어린 분노에 공감해주지 않은 할머니에게 서운했던 걸까? 그날 나는 온종일 할머니와 말을 섞지 않았다.

이 일이 그저 어린 시절 사소한 해프닝으로 기억될 만큼 시간이 흘렀을 때, 어느 날 나는 엄마와 함께 빨래를 개다가 엄마에게 이 이야기를 들려주었다. 어느 날 아침 화장실에서 유독 담배 냄새가 심하게 난 것에서부터 그럼에도 불구하고 잠이나 자라던 할머니의 무관심한 대답까지.

그런데 내 이야기가 뭐가 그리 재미있는지 엄마의 얼굴에는 금방이라도 터질 것 같은 웃음이 한가득 담겨 있었다. "크윽큭큭 큭큭" 엄마는 웃으며 입술을 씰룩이는 것이었다.

"엄마, 이게 뭐가 웃겨?"

얼굴이 새빨개진 엄마가 흘러내리는 웃음을 닦으며 간신히 말했다.

"야, 그건… 할머니가 피운 거야. 넌 누굴 닮아서 눈치가 그렇게 없냐?"

Pizza

붕어빵

뜨겁고 달달한 팥앙금이 가득 찬 붕어빵과 맛있는 피자 소스와 옥수수 그리고 치즈가 듬뿍 들어간 피자 붕어빵 그리고 부드러운 슈크림이 톡 하고 터져 나오는 슈크림 붕어빵.

동장군이 몰고 온 날카로운 찬바람이 두 뺨을 스칠 때면 할머니는 언제나 따끈따끈한 붕어빵이 담긴 검정 비닐봉지를 손에 들고 왔다. 학교가 끝나고 집에 오면 붕어빵은 비록 눅눅해지고 차갑게 식어 있었지만, 전자레인지에 데워 먹는 할머니의 붕어빵은 겨울 최고의 간식이었다.

붕어빵

"이제 붕어빵은 질렸어!"

매일 먹는 붕어빵이 물려서 며칠 동안 손도 안 댔던 기억이 있다.

"알았어. 낼부터 안 사 올게."

할머니의 말에는 서운한 기운이 역력했다.

하지만 다음날에도 어김없이 식탁 위에 올려져 있는 할머니의 붕어빵.

요양병원에 가기 전까지, 해마다 겨울이 오면, 할머니는 지팡이를 짚고 매일 붕어빵을 사러 나갔다.

4부 / 겨울

現代
105
태군아

사이다
좀 사와라
이따가
갈게

잠시 안녕

시간은 빠르게 흘렀다. 속절없이 흐르는 시간 속에서 나는 고등학생이 되었다. 고등학생이 되자 나 역시도 매일 밤 학원에 가야 했다. 집에 있을 시간이 없었다.

할머니는 매일 밤 테레비를 보고 있었다. 내가 볼 수 있는 할머니의 모습은 불 꺼진 방에서 홀로 잠을 자고 있는 뒷모습뿐이었다.

매일 매일 학원에 가야 하는 누나와 나, 하루 종일 가게에서 일하는 엄마와 아빠. 언제부턴가 집에는 할머니만 덩그러니 남았다.

그 무렵, 할머니가 병원에 가는 횟수가 부쩍 늘었다고 한다. 매일 매일 가는 것은 기본이고, 어떤 날엔 하루에 세 군데씩 치과, 내과, 안과를 다녀오기도 했다고 한다.

그러던 어느 날, 할머니가 병원에 입원했다. 입원한 할머니의 겉모습은 걱정과는 달리 매우 건강해 보였다. '왜 입원하신 걸까?' 엄마의 말에 따르면 아무도 할머니에게 입원을 권유하지 않았다고 한다. 순전히 할머니의 완고한 뜻이었다고 한다. '할머니가 많이 외로우신 걸까?' 나는 속으로 생각했다.

"여기도 아프고, 여기도 아파."

병원에 입원해 있는 동안 할머니는 이곳저곳 안 아픈 데가 없다고 하소연을 했는데, 그때마다 오전 검진을 마친 의사 선생님은 아무 이상이 없다고 대답을 해주었다. 하지만 할머니는 아무래도 석연치 않은 표정이었다.

어느 날 아침, 그날따라 유독 아프다 하소연을 하는 할머니에게 의사 선생님이 말했다. 선생님은 우는 아이를 달래듯 상냥하고 부드러운 목소리로 할머니를 달랬다.

"어르신~ 다 정상이에요. 조금 있으면 다 나으시니까. 걱정 마세요."

하지만, 할머니는 우는 아이가 아니었다.

"무슨 소리 하는 거야! 내가 아프다는데! 도대체… 네가 뭘 안다고 그래! 이거 돌팔이 아니야?!"

벙찐 엄마와 이모는 아무 말 없이 서로를 쳐다보았다. 엄마와 이모가 지금까지 단 한 번도 보지 못했던 할머니의 역정. 처음 보는 할머니의 모습에 엄마와 이모는 마치 이방인을 보듯 할머니를 바라보았다. 그것은 할머니가 자식들 앞에서 처음으로 내지른 역정이었다.

퇴원 당일, 화장실에 간 할머니가 변기에서 일어나지 못하셨다. 아니 일어나지 않으셨다. 엄마와 이모가 할머니를 어떻게든 집으로 모시려 하였지만, 퇴원하지 않겠다는 할머니의 고집을 두 사람은 도저히 꺾을 수 없었다.

이러지도 저러지도 못하는 상황에서 엄마랑 이모는 선택해야 했다. 계속해서 입원해야 할지 아니면 억지로라도 집에 모셔야 할지. "…" 한참 동안 말없이 입술만 오물거리며, 변기에 앉아있는 할머니를 바라보던 엄마가 조심스레 입을 열었다.

"엄마, 그럼 한 달 동안 요양 병원 같은 곳에 가서 지내다 올래요?"

그제야 할머니는 말없이 걸어 나왔다.

다음 날 아침, 할머니는 요양 병원으로 떠나게 되었다. 누나와 나는 할머니가 잠시 집을 비우는 것으로 생각했다. 엄마도 그럴 거라고 말했다.

오전의 하늘은 뿌윰한 햇빛이 구름에 막혀 회백색을 띠었고, 한겨울의 공기는 상쾌했다. 짝. 짝. 짝. 할머니는 지팡이를 짚으며 천천히 집 밖으로 나섰다.

"할머니, 안녕히 다녀오세요."

우린 할머니를 향해 손을 흔들었다. 할머니도 창문을 내리고 우리를 향해 힘차게 손을 흔들었다.

"태군아! 주희야! 밥 잘 챙겨 먹어!"

매주 수요일

"뭐 먹을래요?"

이모 중 가장 거침없는 큰이모가 말했다.

"아무거나 먹어라."
"갈비?"
"싫다."
"장어?"
"싫다."
"아니! 그럼 뭐 먹을 건데요?"
"아무거나 먹어라."

할머니는 병원에 남길 원했다. 아무도 없이 적막만이 감도는 집보다 보살펴줄 누군가가 있는 병원이 더 마음 편안했을까? 매주 수요일, 엄마는 할머니가 좋아하는 바나나킥과 여러 과일을 한가득 사 들고, 이모들과 함께 요양 병원으로 차를 몰았다. 벽에 걸린 시계를 바라보며 오늘은 어디를 갈지 무엇을 먹을지 고민하고 있을 할머니를 위해서.

흰머리 희끗희끗한 이제는 늙어버린 세 명의 딸들과 더는 혼자 걸을 수도 없는 백발의 노인은 매주 수요일, 비가 오나 눈이 오나 옷을 갖춰 입고 나들이를 했다. 맛있는 밥을 먹고 가벼운 산책을 하며, 예쁘게 흐드러진 꽃밭에서 추억에 남을 사진도 찍고 고요하게 일렁이는 호수 위에서 오리배를 타기도 하며. 꽃이 피거나 낙엽이 졌던 매주 수요일, 엄마와 딸들은 그렇게, 너무나 행복한 시간을 보냈다.

5월
SUN MON TUE WED THU FRI SAT

영원히 잊히지 않을 아름다운 순간들.

한평생 속 시원히 마음속 감정을 내색하지 않던 할머니도 이날만 되면 싫은 것 좋은 것 다 표현했다고 한다. 먹기 싫은 것은 먹기 싫다고 말하고, 가고 싶은 곳은 가고 싶다고 말했다고 한다.

할머니가 요양 병원으로 가고 다섯 번의 겨울이 찾아왔다. 주변 사람들이 모두 만류할 정도로 노래를 못 불렀던 나는 뮤지컬 전공으로 대학에 입학하였고, 숙제가 싫어 망둥어처럼 울어대던 누나는 그림을 전공하게 되었다.

대학생이 된 나는 바쁘다는 핑계를 대며 할머니를 보러 가지 않았다. 그러다 아주 가끔 할머니와 나들이를 할 때면 나는 할머니를 부축했는데, 할머니의 가녀린 팔을 살며시 부여잡고 함께 발걸음을 맞추다보면 할머니는 매번 바지 주머니 속에서 구겨진 만 원짜리 두세 장을 주섬주섬 찾고 있었다.

"태균아! 아이스크림 사 먹어."

매일 당신이 사다 주던 간식을 더 이상 사다 주지 못해서일까. 두 팔을 휘휘 저으며 거절하는 내게 할머니는 매번 소중한 용돈을 쥐여주었다.

태곤아악!!
내려!!!

하루 전

이따금 아빠의 깊은 한숨 소리와 훌쩍이는 누나의 울음소리가 들려왔다. 하지만 나는 아무 소리도 들을 수 없었다. 그것은 깊은 적막이었다. 손에 움켜쥔 염주를 돌렸다. 종교적 의미라기보다는 그냥 그래야 할 것 같았다.

마음이 미칠 듯이 불안해서 김 서린 창밖을 바라보았다. 창밖에는 갈색의 메마른 나무들이 형체를 알아볼 수 없을 만큼 빠르게 스쳐 지나갔다. 저 멀리 초록색 표지판이 올 듯 안 올 듯 도로 끝에 머무르다 순식간에 내 머리 위를 스쳐 지났다. 지나가는 모든 것들은 찰나와 같이 사라졌다.

순간 팍! 염주가 터졌다. 힘을 너무 세게 쥔 걸까? 동그란 염주알들이 바닥에 쏟아져 나뒹굴었다. 택시 안은 혼란이었고 걱정과 불안 그리고 후회가 나를 괴롭게 했다. 오직, 하늘에 떠 있는 태양만이 무정하리만치 평온했다.

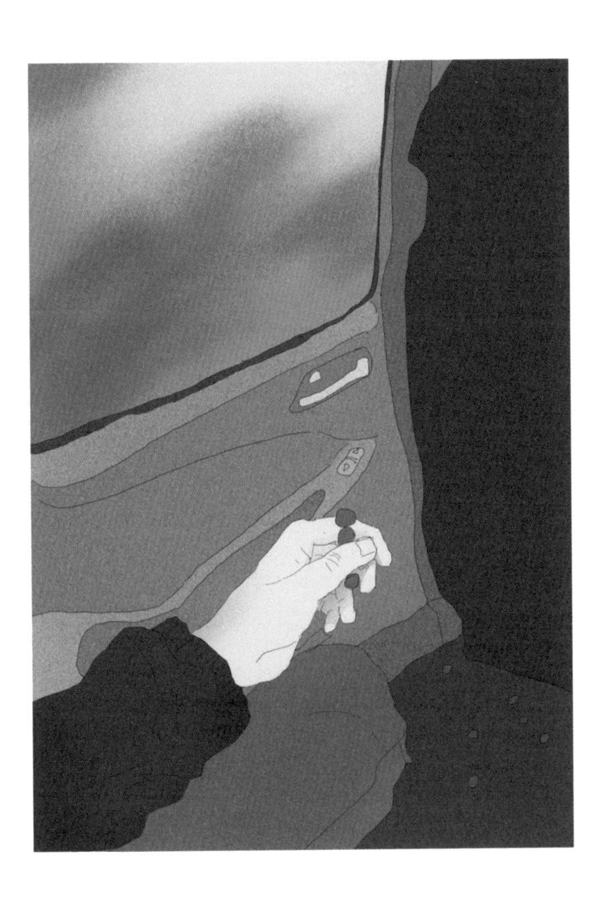

잠시 후, 택시는 할머니께서 계신 요양 병원에 도착했다.

"중환자실로! 빨리 올라가셔요!"

우리를 발견한 담당 간호사 선생님께서 다급히 말씀하셨다. 우린 비상계단을 통해 할머니가 계신 곳으로 뛰어갔다. 일정한 소리를 내며 삑삑 울리는 기계음. 할머니의 입에 꽂혀 있는 산소호흡기.

"할머니, 태군이가 왔어요."

할머니는 아무 말씀도 하지 않으셨다. 나는 할머니의 두 손을 조심히 잡았다. 할머니께서 내가 왔다는 것을 알 수 있도록 주름진 할머니의 손을 내 얼굴에 가져다 대었다. 할머니의 손에 남아 있는 옅은 온기가 느껴졌다.

'할머니, 저 왔어요. 죄송해요….' 익숙했던 할머니의 주름진 두 손을 펴 나의 얼굴을 묻었다. 그리고 한참 동안 하염없이 울었다.

할머니를 바라보았다. 완전히 감기지 못한 할머니의 두 눈은 실눈을 뜬 듯 살짝 벌어져 있었다. 나를 향해 있는 할머니의 검정 눈동자. 할머니는 내가 온 것을 아는 걸까? 할머니의 희미한 검정 눈동자는 왜 이렇게 늦게 왔냐며, 나를 원망하는 것 같았다. 나는 빌었다. 부디 할머니가 일어나기를, 기적처럼 일어난 할머니의 두 눈을 바라보며 그동안 자주 오지 못해 죄송하다 말할 수 있기를.

잠시 후 간호사 선생님께서 문을 열고 들어오셨다. 선생님께선 할머니의 안정을 위해 더 이상의 면회는 불가능하다고 말씀하셨다. 우린 더 머물고 싶었지만, 할머니의 안정을 위해서 나가야만 했다.

"할머니 사랑해. 내일 올게. 내일 봐."

우린 떨어지지 않는 무거운 발걸음을 옮겼다.

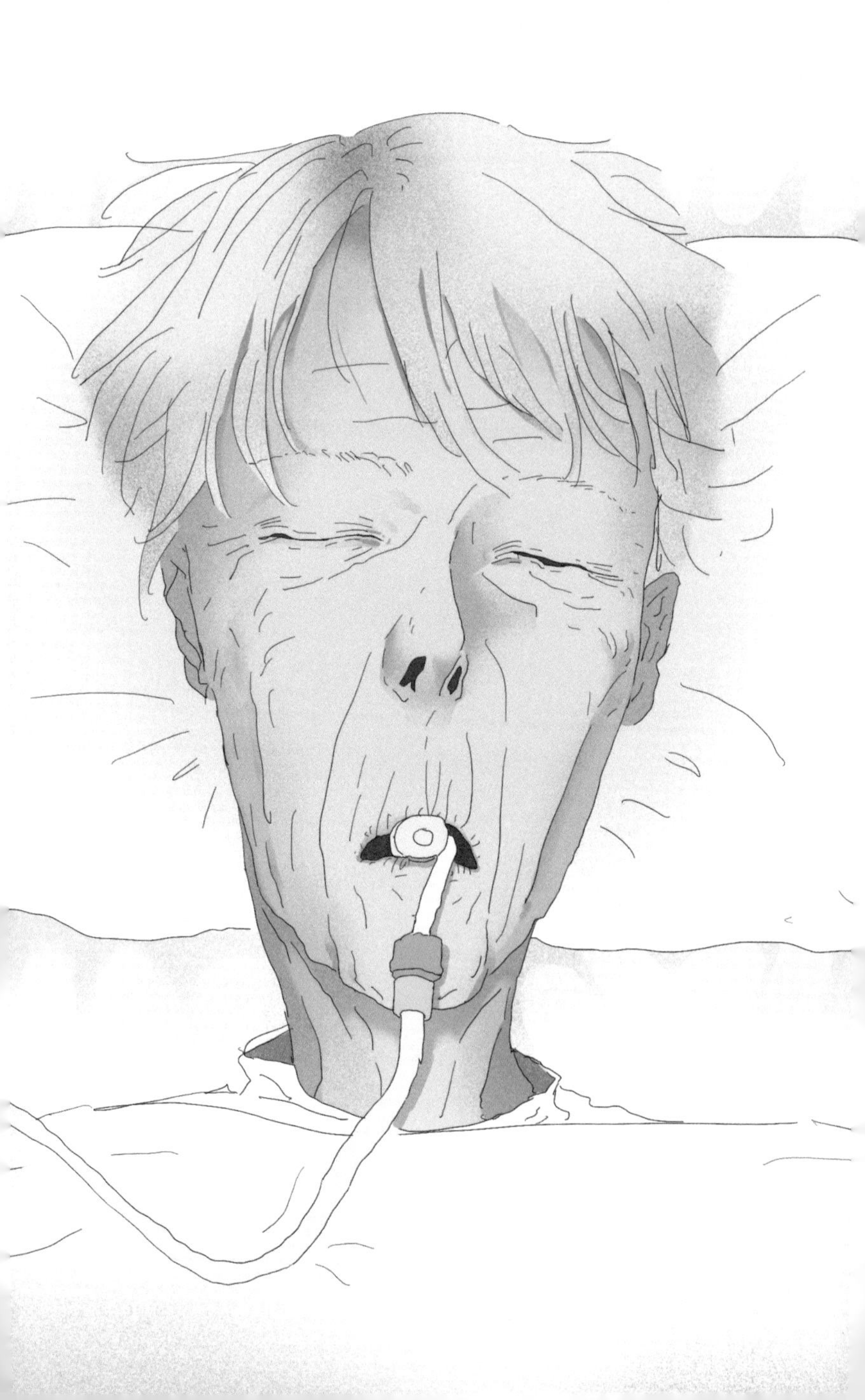

집에 도착하니 해는 완전히 떨어져 있었다. 밖은 어느새 어둠이 내려앉았고 반짝이던 별들이 회색 구름 속에서 그 빛을 잃어버렸다.

그날 새벽, 잠이 오지 않은 나는 오랫동안 침대에 누워 뒤척이다 불 꺼진 천장을 바라보았다. 천장에는 한 줄기 빛도 들어오지 않는 어둠이 짙게 깔려 있었다. 귓가에서 오늘 아침 엄마와 나누었던 대화가 맴돌았다.

"태균아, 오늘 할머니께 같이 갈래?"
"아니. 어차피 내일모레면 설날이잖아."
"그래도 오늘 갈비 먹을 건데 같이 가자."
"아냐. 귀찮아. 오늘은 집에서 쉴래."
"할머니가 맨날 너 보고 싶어해."
"할머니 보러 병원 가는 거 귀찮아."

오늘은 늘 올 것만 같았던, 그런 수요일이었다. 그래서 가지 않았다. 다음에 가면 되니까.

다시 사 온 사이다

아침 일찍 누나와 나는 엄마가 부탁한 심부름을 마치고 병원에 가던 중이었다. 방금 전, 새해 복 많이 받으라는 엄마 지인의 인사가 머릿속을 조용히 맴돌았다. 신촌 거리는 매우 한산했다. 사람들로 북적이는 여느 때와 달리 거리는 텅 비었고, 도로 위 몇몇 버스와 승용차들만이 신호에 맞춰 차분히 움직이고 있었다. "내일 모레면 설이네." 나는 혼자 중얼거렸다.

"누나, 저기 약국 있다. 할머니께 우황청심환 사다 드리자."
"응. 그러자. 좋아하시겠다."

우리는 근처 약국의 문을 열었다. 딸랑, 종소리가 맑게 울렸다. 새하얀 백열등 아래서 인사하는 약사님. "어서 오세요." "뭐 드릴까요?" 모든 것이 익숙했다. 진열대의 수많은 약들, 소리 없이 방송만 흘러나오는 텔레비전 그리고 약국 특유의 독특한 냄새들까지.

"선생님, 빨간색 우황청심환 하나 주세요."

조제실
생활속의 명약!
광동
우황청심원

약국을 나서며 누나가 말했다. "옛날 생각난다. 그지?"

지하철은 한산했다. 칠흑같이 어두운 지하 터널을 질주하는 텅 빈 열차 안, 양옆으로 이리저리 흔들리는 손잡이들 아래 누나와 나는 말없이 이어폰을 꽂고 앉았다. 열차가 속력을 높이자 지하철의 굉음이 이어폰의 노랫소리를 뚫고 귓속에서 웅웅 몰아쳤다. 나는 고개를 숙여 검정 비닐봉지를 바라봤다.

"누나!"
"왜?"
"사이다…."
"아, 사이다… 안 샀다!"

할머니의 심부름을 하기 위해 슈퍼에 갔던 어릴 적 그때처럼 우린 병원 편의점의 문을 열고 들어갔다. "어서 오세요." 생기 없는 편의점 직원의 목소리가 들려왔다.

"누나, 모나카 어떤 맛으로 사야 해?"
"아무 맛이나 사! 그게 그거야."

모나카와 바나나킥 그리고 방금 꺼낸 시원한 사이다를 계산대에 올렸다.

"내가 살게."
"그래."

계산을 마치고 우린 사이다와 과자들이 담긴 검정 비닐봉지를 양손에 들었다. 걸음 따라 달랑달랑 흔들리는 봉지들과 함께 우리를 기다리고 있을 할머니를 향해 길을 걸었다.

"할머니!"
"할머니, 사이다 사 왔어요!"

사이다를 내려놓았다. 사진 속 할머니는 우릴 향해 미소를 짓고 있었다. 많은 분이 할머니의 마지막 길을 함께해주었다. 설 연휴였지만 다행히 빈소는 사람의 온기로 따듯했다. 소중한 형, 누나, 친구들 그리고 선생님이 내게 심심한 위로를 건넸다. 나는 아무렇지 않았다.

"우리 어머니, 관에 들어갑니다. 마지막으로 아들, 딸, 손자, 손녀 분들 나오셔서 우리 어머니, 할머니께 인사할게요."

염이 끝난 할머니의 몸은 차갑고 뻣뻣했다. 한 명 한 명 앞으로 나온 우리는 할머니께 마지막 인사를 전했다.

"엄마, 미안해요." 엄마는 흐느껴 울며 말했다.

"할머니, 앞으로 눈치 보지 말고 맛있는 거 많이 드세요." 누나도 엉엉 울며 말했다.

"장모님, 감사했어요. 미안하고 사랑해요." 아빠가 고개 숙여 말했다.

'무슨 말을 해야 할까?' 내 순서가 다가오고 있었다. '어떤 말을 해야 하나?' 아무런 생각이 떠오르지 않았다. 할머니가 돌아가셨다는 현실을 머리는 알지만, 마음은 모르는 듯했다.

내 차례가 다가왔다. 수의를 입고 하늘을 향해 누워 있는 할머니를 향해 다가갔다. 코끝이 찡하게 달아올랐다. 눈감은 할머니를 바라보았다. 할머니의 귀는 피가 빠진 듯 노랗게 떠 있었다.

'어젯밤, 할머니는 외롭지 않았을까?' 눈앞이 뿌옇게 흐려졌다. 눈감은 할머니의 얼굴 위로 눈물이 한 방울 툭 떨어졌다.

호흡이 가빠왔다. 점점 숨을 쉬는 게 힘들었다. 사랑한다, 말을 하고 싶었지만 목이 메었다. 말을 할 수 없었다. 난 아무렇지 않은데 그저 할머니의 얼굴을 보려 했을 뿐인데, 눈물이 앞을 가로막았다. 할머니를 볼 수가 없었다. 그래서 할머니 품에 얼굴을 묻었다.

인사가 끝나고, 장례지도사들은 까칠한 천으로 할머니를 꽁꽁 감싸기 시작했다. 꽈리를 틀며 머리부터 하나둘 할머니의 연약한 몸이 풀어지지 않게. 생각보다 강하게 묶여지는 수의로 인해 할머니의 연약한 피부가 다칠까 걱정되었다. 하지만, 더 이상 할머니는 아픔을 느끼지 못한다는 사실이 머릿속에 떠올랐다.

삼베 천으로 동여매진 할머니는 관 위에 놓여졌다. 연분홍 연꽃과 새하얀 국화꽃이 흐드러진 미색의 나무관은 아름다웠다. 곧이어 관이 굳게 닫히고 뜻 모를 한자가 적힌 빨간 천이 관 위로 덮혀졌다.

다음 날 새벽, 나는 할머니의 마지막 길을 부축했다. 수요일, 나들이를 나가서 잡던 할머니의 주름진 손이 아닌 관을 묶은 하얀색 천을 꽉 잡고서.

할머니의 관이 화장로에 들어가 문이 닫히고 불 속에서 속절없이 타오를 때, 누나와 나는 밖으로 나와서 핸드폰 속 할머니의 영상을 눌러보았다.

동영상 속 할머니는 수줍게 웃으며 촛불을 후후 불고 있었다. 할머니의 수줍은 입바람에 일렁이던 불이 꺼지자 우린 손뼉을 치며 할머니의 생일을 축하했다.

"야, 니 또 왜 우는데?"

누나의 눈시울이 어느새 붉어져 있었다.

자꾸만 맴도는 할머니의 허리 굽은 뒷모습… 이번 주 수요일 내가 병원에 갔더라면… 아니 평소에 자주 갔더라면….

남겨진 우리는 서로를 보며 엉엉 울었다.

故金仁東

할머니

"할머니 나 고기 먹고 싶어."
"고기?"

할머니는 냉장고를 열어 진공으로 포장된 고기 한 덩이를 꺼냈다. 질긴 비닐 포장을 가위로 주욱 자르고, 할머니는 도마 위에 올려놓은 팔뚝만 한 고기를 칼로 쑥덕쑥덕 잘랐다.

"장모님! 고기를 왜 잘라요!!"

때마침, 잠시 집에 들른 아빠가 펄쩍 뛰며 달려왔다.

"태군이가 고기 먹고 싶다고 하니까."
"아니, 그래도 이거 손님 드리려고 따로 빼놓은 건데! 참!"

아빠는 툴툴거리며 남은 고기를 고이 감싸 가게로 가져갔다. 할머니는 남은 고기들을 대접 안에 한 움큼 집어넣고 소금과 참기름으로 살살 버무렸다.

"태균아, 프라이팬 가져와!"

나는 프라이팬을 들고 쫄랑쫄랑 춤을 추며 할머니에게 뛰어갔다.

"할머니는 왜 가게에 안 나가?"
"할미는 아파서 못 가."
"할머니가 가게에 가는 게 좋은데."

할머니는 자신의 가게를 딸과 사위에게 물려주었다. 가게를 물려준 뒤, 할머니는 단 한 번도 가게에 나가질 않았다.

할머니의 유품을 정리하다가 문득 그 일이 생각났다. 나는 안방으로 들어가 엄마에게 그때 일을 물어보았다.

"할머니는 사람 만나는 걸 안 좋아했어."

할머니의 사진을 정리하던 엄마가 나직이 말했다.

"왜?"
"왜냐면…."

엄마의 입을 통해 듣는 오래전 할머니의 삶. 내가 없던 시간 속의 할머니는 내가 모르는 다른 사람이었다.

한국전쟁이 한창일 때, 할머니는 트럭을 타고 시집을 가게 되었다고 한다. 혼인 후, 가정의 일에 신경 쓰지 않는 할아버지를 대신해 너덜너덜한 리어카를 끌고 다니며 청계천 판자촌에서 자식들을 길렀고. 재개발 사업으로 자식들과 함께 길거리에 내앉았을 땐, 모아두었던 이삿돈을 전부 도둑맞기도 하였다고 한다.

"그리고…."

할머니는 매일 아침 똑같은 시간에 일어나 목욕을 하고 화장을 했다고 한다. 그리고 비가 오나 눈이 오나 쉬는 날 없이 가게에 나갔다고 한다.
당시, 시장통에서 여자 혼자 일한다며 괜스레 시비를 걸어오는 손님들을 상대하며 억척스럽게 장사를 했으니, 몸과 마음 모두 지쳤을 텐데도 할머니는 단 하루도 쉬지 않고 장사를 했다고 한다. 그렇게 할머니는 돈을 모았고 그 돈으로 외삼촌들과 이모들 그리고 엄마를 길러냈다고 한다.

이야기를 듣다보니 시계는 어느새 새벽 한 시를 가리켰다. 우리는 이야기를 멈추고 각자 방으로 돌아갔다. 난 문을 닫고 불을 껐다. 겨울의 차가운 바람이 웅웅 창문을 흔들었다. 새삼스럽게 할머니가 엄마의 엄마라는 사실이 이상하게 느껴졌다. 엄마라는 단어가 머릿속을 맴돌았다.

나는 할머니를 얼마나 알고 있었던 걸까? 나와 할머니의 만남은 할머니의 삶 속에서 짧은 부분을 차지했을 것이다. 할머니가 엄마의 엄마였다니, 나의 할머니가 마치 다른 사람이 된 것 같았다. 왠지 모를 섭섭함이 느껴졌다.

옷을 벗고 침대에 누웠다. 어두운 천장을 바라보며 계속해서 그 유치한 생각들을 떠올리자 뜬금없는 한마디가, 대뜸 머릿속에 떠올랐다.

"태군아, 고기 다 구웠다. 먹자! 누나도 나오라 해."

바로. 할머니였다.

에필로그 / 다시 봄

現代
105

49재

겨우내 메마른 회갈색의 나뭇가지가 앙상하게 드러난 깊은 산속, 우리 가족은 증조 외할머니께서 다니던 작은 사찰에 도착했다.

깊은 산속 조그만 절벽 위에 위치한 작은 암자처럼 보이는 낡은 절. 저 멀리 목탁 소리가 은은하게 울려왔고, 차에서 내리자 입에서는 새하얀 입김이 마스크 틈으로 새어 나왔다. "와. 엄청 춥네." 나는 구겨진 옷을 여몄다.

이날은 할머니를 위한 마지막 날이었다. 마음을 다해 49재를 올리고 싶었다. 돌아가신 할머니를 위해 내가 할 수 있는 마지막 일이라 몸가짐을 단정히 하고 머릿속에는 할머니와의 추억만을 떠올리려 했다.

계단을 오르다 오래된 석탑 하나가 눈에 들어왔다. 금이 간 석탑은 세월의 모진 풍파를 전부 겪은 듯 기묘한 기운을 뿜어대고 있었다. 계단을 오르니 숨이 조금씩 가빠오기 시작했다. 작고 오래된 사찰의 엄숙하고 강인한 분위기가 나를 조금 긴장케 했다. 색 바랜 단청의 낡은 대웅전과 그 뒤로 산을 등진 채 수인하는 거대한 미륵 부처 입상. 저 멀리 대웅전에 앉아 죄 많은 중생을 무섭게 내려다보는 부처님과 보살들은 성인이 되어 한동안 할머니를 보러 가지 않은 나를 엄중히 꾸짖는 것 같았다.

대웅전 안에선 스님의 염불 소리가 엄숙히 울려 퍼지고 있었다. 나와 우리 가족은 대웅전 기단에 잠시 앉아 스님의 염불이 끝나길 기다렸다. 4월이지만 날은 꽤 시렸다. 나는 손바닥을 쥐락펴락하며 조금씩 굳어가는 손가락을 풀고 있었다.

"들어오세요."

"호호호호. 좀 춥죠? 여기가 난방이 안 돼용!"

고요한 호수일수록 떨어지는 작은 물방울에 크게 요동치는 법. 엄숙했던 사찰의 분위기는 순식간에 사라지고 해맑은 스님과 꼬까옷 같은 스님의 손수건이 나를 사로잡았다. 스님께서 머리에 두른 손수건은 한 살 먹은 조카의 손수건과 똑같았다. 스님을 볼 때마다 머릿속에선 콧구멍을 벌렁거리며 해맑게 웃는 조카의 얼굴이 떠올랐다.

씨익. 순간 광대가 제멋대로 올라갔다. '웃지 마. 오늘 같은 날에 뭐 하는 거야.' 일부러 미간을 찡그리고 입술을 쭉 내밀었다. 찰나지만 집중하지 못한 내가 한심하게 느껴졌다. 죄스러운 마음이 든 나는 스스로를 다그쳤다. 얼음장 같은 바닥에 손을 짚으며 조심히 앉았다. 눈을 감고 할머니와의 추억들을 애써 떠올리니 붕 떠버린 마음이 다시금 가라앉는 것 같았다.

"49재에서 가장 중요한 부분이니까 정성을 다해 읽으셔야 해요."

나는 차분히 숨을 내뱉었다. 오래된 소나무의 눅눅한 향기가 코끝을 스치고 얼음장같이 차가운 산 공기가 폐 곳곳으로 퍼져나갔다. 잠시 후 가사와 장삼을 걸친 스님께서 들어오셨고, 무거운 발걸음을 옮겨 법당 제일 앞에 앉으셨다. 우린 다시 한 번 몸과 마음을 가지런히 정돈했다.

떵! 떵! 떵떵떵떵!

"신묘장구대다라니…. 나모라…. 다나다라 야야…."

할머니를 위한 49재가 엄숙한 분위기 속에서 시작되었다. 할머니를 위한 마지막 길이다. 지장보살좌상이 내려다보는 대웅전 왼쪽 바닥에 앉은 우리는 지극한 마음으로 할머니의 극락왕생을 빌기 시작했다. 오랜 시간 절에 다녀 물 흐르듯 자연스럽게 독경하는 큰이모, 어색하지만 차분히 불경을 읽어나가며 제법 태를 내는 나와 누나, 그리고….

바라 자라 자라 마라 미마라
라홀제 예혜혜 로계 새바라 라
아미사미 나사야 모하자라 미사
미 나사야 호로 호로 마라호로
하례 바나마 나바 사라사라 시
리 시리 소 로 못쟈못쟈 모
사다야
미연제 다라다라

어린이가 유치원에서 한글을 배우듯 큰소리로 또박또박 한글을 외쳐대는 엄마와 작은이모.

내가 오늘따라 유난히 산만한 걸까? 이번에는 엄마와 이모의 글 읽는 소리가 나의 마음을 괴롭히기 시작했다. 스님의 근엄한 염불 소리를, 불협과 엇박자의 강력한 목소리로 깊이 묻어버리는 엄마와 작은이모. 피식, 순간 웃음이 새어 나왔다. 놀란 나는 생각을 멈추기 위해 두 눈을 질끈 감았다. 그러나 나약한 광대는 끝을 모르고 올라갔고, 줏대 없는 폐도 바람이라도 찬 듯 실없는 웃음을 후흡푸 뱉어내기 시작했다. 패륜아도 아니고 돌아가신 할머니의 영정사진 앞에서 웃음을 짓다니! 나는 정색을 하고 헛기침을 하며 웃지 않으려 부단히 애를 썼다. 하지만 이미 터져버린 웃음보를 막기에는 역부족이었다.

나는 정신을 차리기 위해 옆에 있는 누나를 노려보았다.

"끄윽 크읍 컥." 돌아가신 할머니의 49재에서 웃는 건 나뿐만이 아니었다.

단단하고 곧은 나무일수록 태풍에 부러지기 쉽다고 한다. 차라리 가벼운 마음가짐으로 왔으면 어땠을까. 후회가 밀려왔다.

"자라 자라!"
"마라 미마라 아마라 몰제!"
"예해! 해!"

모든 것이 괴로웠다. 자라 자라. 엄마와 이모로 인해 혼란한 나의 머릿속에선, 이제 자라와 잠을 자지 않는 어린 조카가 맴돌기 시작했다. 정말 미치겠네! 눈물과 침이 뚝뚝 떨어졌다. 웃지 않는 것은 이미 포기했다, 다만 소리라도 안 내기 위해 나는 입을 크게 벌리고 눈을 질끈 감았다. "끄히으으이잉" 나의 행동을 우연히 본 누나가 이상한 소리를 내며 얼굴을 일그러뜨렸다. 누나의 눈에선 눈물이 떨어지고 있었고 어깨는 심하게 들썩거렸다. 그 모습을 보게 된 나도 어깨를 들썩였다.

그제야 상황을 인지한 걸까? 작은이모가 등 뒤로 두 손을 휘휘 저으며 제발 웃지 말라는 절박한 신호를 보내기 시작했다. 하지만 우리는 이미 웃음의 유사 속에 깊이 빠진 상태였다.

"너네…."

눈이 빨개진 엄마가 코를 훌쩍이며 뒤를 돌아봤다.

"슬프게 계속… 왜 우니? 엄마 슬프잖아…."

경건한 마음으로 참여했던 49재. 할머니를 위한 마지막 길이라, 난 웃지 않으려했다. 입술을 꽉 물고 허벅지를 꼬집었다. 하지만 엄마의 눈치 없는 강력한 말 한마디에, 결국 "크학. 큭크하하하하하" 웃음을 터뜨리고 말았다.

그곳에선 더는 슬픔이 없었다.

어버이날, 할머니와 함께 도란도란 밥을 먹던 옛날처럼, 할머니의 휠체어를 끌고 바닥 분수 위에서 장난치던 그날의 제주도처럼, 법당 안엔 어떤 절망이나 슬픔도 존재하지 않았다. 그저 아무 걱정 없이 순수한 웃음을 터뜨리며 즐거워하는 가족들이 있을 뿐이었다.

모든 의식이 끝나고, 나는 대웅전 밖으로 나왔다. 오랜만에 바라보는 푸르른 하늘은 더 없이 맑고 깨끗했다. 창공 위에 높게 뜬 태양이 나를 비추었다. 햇빛이 이렇게 따사로웠던가. 난생처음 느껴보는 햇볕의 따스함이었다.

어렸을 적 배탈 난 나의 배를 만져주던 할머니의 손길처럼 햇살은 나를 부드럽게 어루만져 주었다.

산속 어딘가에서 휘이잇 휘이잇 새가 지저귀었다.

"할머니는 다음 생에 태어나면 새가 되고 싶다 하셨는데…."

큰이모가 내게 다가오며 말했다.

날아다니는 새처럼 할머니는 자유롭고 싶었을까? 할머니와 함께했던 모든 순간들이 머릿속에서 떠올랐다. 더 이상 나는 할머니를 볼 수도, 사랑한다 말 할 수도 없을 것이다.

하지만, 나는 지금 따스한 햇볕을 느끼며 서 있다.

따듯하고 편안하다.

작가의 말_ 글쓴이

불 꺼진 방안에서 스탠드 조명을 켜고

할머니가 돌아가셨다는 비보를 듣고 한동안 멍하니 앉아있던 기억이 난다.

뭘 해야 하지? 씻어야 하나? 누구에게 비보를 전해야 하나? 감정적인 동요도 이성적인 판단도 떠오르지 않았다.

장례식이 끝나고 할머니의 존재가 내 일상에서 완전히 사라진 후에야 난 할머니를 찾기 시작했다. 하루에도 몇 번씩 떠오르는 아련한 추억들과 무정한 현실 속에서 당장이라도 할머니를 찾아가면 볼 수 있을 것 같은 허망한 느낌이 나를 감싸기도 했다.

용기를 내어 과거를 잊으라는, 이별을 긍정적으로 바라보라는, 진심 어린 위로들도 그다지 와닿지 않았다. 오히려 나의 아픔을 이해하지 못한 한낱 피상적인 감상평 같았다. 나는 공허했고, 어떤 날은 삶이 허무하기까지 했다.

그러던 어느 날, 아무 이유 없이 행복한 날이 있었다. 하늘에 떠 있는 구름만 보아도, 길가에 버려진 플라스틱 아이스 컵을 보아도,

이상하리만치 기분이 날아갈 듯 상쾌한 날이었다.

머릿속에선 여느 날처럼 할머니와의 추억들이 떠오르기 시작했다. 나는 슬픔에서 벗어나려는 노력도, 울지 않으려는 집착도 버린 채 그저 과거의 기억들을 묵묵히 바라보았다. 할머니가 남기고 간 수많은 추억들. 나는 그 속에서 살아 숨 쉬는, 사라지지 않은 어떤 흔적들을 찾을 수 있었다.

그것은 사랑이었다.

부모님과 할머니의 사랑으로 성장한 나. 숨 한번 크게 쉬고 가볍게 눈앞에 펼쳐진 세상을 바라보니, 빠르게 생겨났다 사라지는 이 세상 속에서 나라는 존재는 너무나 소중했다.
갓난아이는 스스로 기저귀를 갈 수 없다는 기억 속 누군가의 말이 떠오른다.

내가 그랬듯 나는 이 글을 읽는 모두가 각자의 흔적들을 찾아보길 바란다. 그 흔적들을 마음속에 늘 지니고 다니며, 아무리 비통

한 일이 있어도 너무 슬퍼하지 말고 꺼이꺼이 울며 한숨을 짓더라도 자신의 존재를 부정하지 않기를 바란다. 당신 안에는 따스한 사랑이 늘 존재하니까.

"감사합니다. 사랑합니다. 그리고 고생하셨습니다."

이제 더는 보지 못하는, 사랑하는 할머니께 감사한 마음을 담아서 따듯한 이 책을 올린다.

마지막으로 모자란 우리 남매의 두 손을 힘껏 잡아주신 달아실출판사 박제영 편집장님과 전화 한 통에 기꺼이 도와준 유경 누나 그리고 이 책이 나올 수 있게 도와주신 모든 분께 진심 어린 감사의 말씀을 드린다.

2022년
태군

작가의 말_그린이

불 켜진 방안에서 아이패드를 충전하며

"내가 전에 얘기했던 책에 들어갈 그림을 누나가 그려보는 건 어때?"

컴퓨터 앞에 앉아 재택근무를 하고 있던 나에게 동생이 툭 던진 말이었다. 동생의 제안이 귀에서 머리로 흐르자, 예전에 스치듯 말했던 책 내용이 어렴풋이 떠올랐다.

'할머니에 대한 얘기인데 봄, 여름, 가을, 겨울로 이야기를 나눠서…'

할머니께서 돌아가신 후 모든 것이 담담해질 때쯤, 불쑥 꺼낸 동생의 말은 꽤 놀라웠다.

"먼저 말해줘서 고마워."

실은 동생이 팀-플레이를 제안하기 전부터 난 이미 결정을 내린 참이었다. 할머니에 대한 존중과 애정, 그리움과 추억을 그릴 수 있다는 사실과는 별개로, 책의 내용을 살짝 듣기만 했을 때부터 좋은 작품이 될 것이라는 확신이 있었다. 단지 먼저 나서서 말만 하지 않았을 뿐, 나는 내가 해야 할 일이라고 어렴풋이 느꼈던 것 같다.

살짝 쳐진 민커풀의 눈, 살짝 들린 들창코, 말랑말랑하고 축 쳐진 흰 피부를 가진 우리 할머니. 특징이 있는 할머니의 얼굴 덕분에 느리지 않은 속도로 작업을 시작할 수 있었다.

봄, 여름, 가을, 겨울 그리고 다시 봄.

유년시절부터 고등학생이 되기까지, 할머니와 우리가 함께 지냈던 시간을 캄캄한 서랍 속에서 꺼냈다. 동생이 다듬어놓은 길 위에 서서 나는 기억에 쌓인 먼지를 훌훌 털어냈다. 흐려졌던 순간들이 제법 선명하게 떠올랐다.

식탁 위에 놓여 있던 피카츄와 붕어빵, 냉동실 안 매번 비슷한 래퍼토리의 아이스크림들.

그저 일상이었던 순간들이 실은 사랑으로 이뤄져 있었다는 것을… 시간이 흐르고 난 뒤에야 선명해진 그 사실들을 마음에 꼭 담은 뒤 펜을 쥐었다. 이제 동생이 요리조리 다듬어놓은 이야기 속에서 살아 숨 쉬는 할머니를 내 그림 속에 잘 모실 시간이었다.

지겹게도 많은 회의를 거치며 다듬어진 우리의 이야기를 아이패드 위에 약 100장이 넘게 그려냈다. 어떻게 연출하면 더 재미있을까, 어떻게 표현하면 독자들도 우리 할머니를 부드러운 눈으로 바라볼까….

높은 산을 오르고 내리는 것처럼 하나의 작품을 만들어내기까지 많은 좌충우돌이 있었다. 때로는 내 짐이 상대의 짐보다 더 무겁게 느껴질 때도 있고 길이 막혀 다시 돌아가야 하기도 했지만, 할머니와의 이야기를 담은 책을 만든다는 분명한 목적은 단단한 이정표가 되어주었다. 출발할 때만 하더라도 목적지가 어디에 있는지, 아니, 있기는 한 건지 알 수조차 없었지만, 이정표를 따라 꾸준히 걷다보니 출판이라는 기회를 운 좋게 얻을 수 있었다.

나와 동생의 무모한 도전을 응원하고 도와주신 모든 분들께 감사한 마음을, 그리고 하늘에 계신 우리 할머니께 사랑을 담아 이 책을 바친다.

2022년
주희

그림에세이

태군아 사이다 좀 사 와라

1판 1쇄 발행　　2022년 5월 30일

지은이　　태군
그린이　　주희
발행인　　윤미소
발행처　　(주)달아실출판사

책임편집　　박제영
디자인　　전형근
마케팅　　배상휘
법률자문　　김용진

주소　　강원도 춘천시 춘천로 257, 2층
전화　　033-241-7661
팩스　　033-241-7662
이메일　　dalasilmoongo@naver.com
출판등록　　2016년 12월 30일 제494호

ISBN 979-11-91668-41-4 03810